Enfant de personne

Illustration de couverture
Philippe Munch

Florence Reynaud

Enfant de personne

BAYARD JEUNESSE

3, rue Bayard, 75008 Paris
ISBN : 2-7470-1321-9
Dépôt légal : janvier 2004

Loi 49 956 du 16 juillet 1949 sur les publications destinées à la jeunesse

Chapitre 1

On l'appelle l'Indien.

Il n'a pas d'autre nom. Il n'a pas de famille, pas d'amis. Il ne connaît même pas le sens de ces mots. Depuis neuf ans il vit là, dans une bâtisse aux fenêtres grillagées, au milieu d'un grand parc.

Quand on l'a amené à l'orphelinat, il n'avait que deux ans. Emmitouflé dans des fourrures blanches, visage brun, cheveux noirs. On l'a déposé sur le bureau de la directrice, entre le téléphone et un cahier à reliure.

Il a grandi, mais jamais personne ne lui a dit d'où il venait, qui étaient son père, sa mère. C'est interdit par le règlement, et de toute façon il ne lui est pas même venu à l'idée de poser la question.

Ce nom, l'Indien, qu'il a entendu sans cesse, il a longtemps pensé que c'était son prénom, comme s'il s'appelait Ted, Clarence ou Jonathan. Il a cru aussi que le monde entier se limitait à l'Institut pour orphelins de Blackwind, dont il connaît chaque recoin... Il ne sait rien du reste. Il a refusé d'apprendre à lire, à écrire, il a même refusé de jouer au base-ball et de patiner sur l'étang, l'hiver. Il ne sait rien, voilà tout, et il vit auprès des autres enfants comme un petit animal sauvage.

Ça, c'était avant Hélène. Elle vient d'arriver, et l'Indien la regarde avec un étonnement ravi. Il fait froid, de sa figure on ne voit qu'une frange rousse et des yeux verts pleins de chagrin. Une écharpe cache son nez, sa bouche et son menton, un bonnet dissimule en partie ses cheveux.

La directrice, Hannah Mattews, la reçoit en bas du perron, entourée de tous les enfants. Comme elle aime la discipline, elle commence par informer la nouvelle du règlement intérieur. En gros. Les détails, elle les apprendra ensuite, par l'expérience.

Hélène l'écoute sagement. La directrice fronce les sourcils avec un sourire maternel. Tout en tapotant d'une main l'épaule de la fillette, de l'autre elle baisse son écharpe.

– Montre-nous donc un peu à quoi tu ressembles, Hélène !

Les trente enfants de l'établissement forment un cercle curieux et silencieux. Trente enfants en blouse noire. En découvrant le nez d'Hélène, rosi par l'air glacé, un drôle de nez avec une cicatrice ronde, ils éclatent d'un rire méchant, énorme. Terrible.

– Elle a une bouille de clown !

– On lui a recousu le bout du nez !

Billy ricane le plus fort. C'est la terreur de Blackwind. Sa haine est aussi forte que ses poings. La directrice se contente de disperser les enfants.

– Allons ! dit-elle, c'est l'heure de la récréation !

L'Indien, lui, n'a pas ri avec les autres. Cela ne lui arrive jamais, d'abord, et puis cette fille inconnue, qui pleure sous une pluie de moqueries, vient d'entrer dans son cœur. Une boule chaude éclôt en lui, elle l'envahit tout entier. D'instinct, il sait que c’est de l’amour. Et d’un seul élan, il se jette sur Billy.

Billy est surpris, mais il évite quand même le coup. L’Indien, il le méprise ; il l’agace depuis des années : du sucre dans sa purée, des insultes, les lacets noués sous la table du réfectoire par un complice. L’Indien est un idiot. Rien de plus drôle que de voir sa tête quand les blagues touchent juste, et elles touchent toujours juste.

Billy se campe devant lui, les poings sur les hanches.

– Si tu veux te battre, viens ! lance-t-il d’une voix hargneuse.

L’Indien fonce de nouveau sur cette face rouge auréolée de cheveux jaunes.

Le premier coup de Billy part. L’Indien le reçoit au menton, la douleur le fait vaciller. Au deuxième coup, porté en pleine poitrine, quelque chose craque dans l’esprit de l’Indien.

Il regarde Hélène et ses joues mouillées, puis il regarde Billy qui rit toujours. L'Indien bondit sur ses pieds, il se penche en avant. Il croit hurler de rage mais ses lèvres sont serrées. Et quand il se jette sur Billy, cette fois, ses gestes sont précis.

– Ah ! tu te réveilles..., marmonne Billy.

Autour d'eux, certains trépignent, impatients de voir l'Indien au sol, écrasé par leur chef. C'est un dur, Billy, il ne fait pas de cadeaux. Ils le savent bien, ils sont tous passés par là. Pas un pour penser que Billy risque de ne pas remporter ce combat. Ils l'encouragent tout bas, de peur d'attirer le concierge par des cris :

– Vas-y, Billy ! Mets-le en bouillie, cogne ! Allez, t'es le plus fort !

Les filles restent là, pétrifiées. Elles n'osent pas bouger. Hélène a remis son écharpe sur son nez et recule à petits pas.

L'Indien ne sait pas se servir de ses poings, mais la technique lui vient vite. Il cogne aussi, il repousse Billy qui le charge à nouveau. Ils sont de force égale, même taille, même corps solide. Billy a pris un coup sur le nez, un filet de sang coule et vient chatouiller sa lèvre supérieure. Une sorte de folie le prend, il frappe comme une brute. L'Indien ne sent plus son arcade sourcilière, ni son oreille gauche. Il a une vague envie de fermer les yeux, de se laisser massacrer pour en finir. Mais il ne cède pas : il pousse un hurlement de bête blessée, se raidit, tend les bras et rejette Billy en arrière.

Les autres garçons se mordent les lèvres. Billy a volé un mètre plus loin, en roulant sur le côté. Ahuri, il relève la tête et voit l'Indien se ruer sur lui, les dents en avant, les poings serrés. Billy encaisse un coup, deux coups, sa joue est mordue, déchirée, son nez lui fait mal. Hébété, il regarde l'Indien : jamais il ne lui a vu cet air farouche, avec les yeux noirs brillants, les traits tendus par la colère.

– Laisse-moi ! hurle-t-il. Laisse-moi, je te dis ! T'as gagné...

Un bruit de galopade, des cris. La voix de monsieur Redford, le concierge :

– Ça ne va pas, non ? Voulez-vous vous relever ! Vous allez voir un peu : je m'en vais chercher la directrice et ça va barder !

Au réfectoire, Hélène s'est installée au bout d'une table vide, réservée aux adultes. L'Indien s'approche, il lui prend la main pour la guider jusqu'à la table des enfants. Il la fait asseoir à côté de lui. Elle le dévisage, en examinant les marques laissées par le combat avec Billy.

– Tu es qui, toi ? lui demande-t-elle à voix basse.

– Je m'appelle l'Indien.

Hélène sourit. Une amusante grimace plisse ses joues et le coin de ses lèvres.

– Ah ! Tu es un Indien !

Elle le regarde longuement, grave soudain.

– Tu es courageux de t'être battu avec Billy !

L'Indien ne sait pas quoi répondre. Il mange la soupe de pois servie par Rosa, la cuisinière. Il mange seulement moins vite que d'habitude, pour surveiller Hélène, qui, elle, ne touche pas à son assiette.

– Mange, lui dit-il, c'est presque froid !

– Je n'ai pas faim ! souffle Hélène. Maman est morte il y a trois semaines et elle me manque !

– Maman ? Qui c'est ?

– Ma mère, ma maman ! Tu sais ce que ça veut dire, « maman ». Arrête de te moquer de moi...

– Morte, je sais, quand on est mort, on ne bouge plus. Monsieur Picks, le jardinier, m'a montré une taupe morte, je n'ai pas aimé ça !

Hélène tourne la tête. Elle pleure sans bruit, son drôle de nez rougit à vue d'œil. L'Indien, gêné, lui prend la main.

Il y a six jours de cela, et chacun de ces jours a ouvert l'esprit de l'Indien. Il a plus appris pendant ces jours-là qu'en dix ans.

Hélène ne l'a pas quitté, sauf les deux premiers soirs, à l'heure du coucher. Ensuite, ils ont attendu que les autres pensionnaires soient endormis et ils se sont retrouvés au milieu du long couloir qui sépare le dortoir des filles de celui des garçons. Assis au pied d'une statue d'Abraham Lincoln*, ils ont parlé à voix basse, de peur d'être surpris.

– Tous les enfants ont des parents ! a dit Hélène, sauf les orphelins, qui vivent dans

* Président des États-Unis de 1860 à 1866.

des endroits comme ici. Moi, je n'ai plus de famille, à part ma tante Sue, mais elle ne veut pas de moi, sûrement à cause de mon nez... Je ne la connais pas, je ne l'ai vue qu'en photo.

– Famille ? Tante ? a répété l'Indien.

– Oui, la famille : les parents de ton père et de ta mère, les oncles, les tantes, les sœurs...

– Oncles ? Sœurs ? a encore répété l'Indien.

– Mais tu ne sais rien ! Pourquoi ?

Avec patience, Hélène lui a expliqué tous les détails de la vie ordinaire, du moins ceux qu'elle connaissait.

Le cinquième soir, dans le couloir, l'Indien a murmuré :

– Tu es encore triste ?

– Oui.

– Je suis là, moi...

Elle a caressé les cheveux drus, d'un noir bleuté. Il a souri, ébloui.

– Tu es ma sœur... Non, tu es mon amie !

– Oui ! C’est ça, ton amie.

Le sixième jour, à l’heure de la récréation, l’Indien a pris un livre dans le placard de la salle de classe et l’a posé sur les genoux d’Hélène.

– Billy m’avait dit que je ne saurais jamais lire. Maintenant, je veux apprendre, je veux savoir tout ce que tu sais, toi...

L’institutrice a observé la scène d’un air étonné, mais elle n’a rien dit.

Chapitre 2

Les jours passent.

L'Indien croyait que ce serait facile de déchiffrer ces signes noirs, mais il a beaucoup de mal.

Lorsque les autres jouent dans la cour, Hélène l'entraîne dans la bibliothèque. Il y fait sombre et froid, personne n'allume le poêle, la porte n'est jamais fermée à clef. On dirait un lieu abandonné.

Là, Hélène se change en maîtresse d'école, elle enseigne les lettres à l'Indien. Souvent, il soupire, il cache ses yeux dans ses mains, prêt à renoncer. Alors elle attrape ses deux mains et les emprisonne dans les siennes.

– Allez, on se repose ! Parle-moi de ce que tu faisais avant mon arrivée.

– J'aidais monsieur Picks, le jardinier. Je sais ramasser les feuilles mortes, enlever les mauvaises herbes, sarcler, semer... Je plante aussi des légumes dans le potager et je taille les arbres. J'aime bien ce travail. J'aurais voulu vivre avec monsieur Picks, dans sa cabane, mais il n'est pas d'accord. C'est dommage, il a un petit chien noir qui me lèche les mains...

– Un chien ? C'est un chien qui m'a fait ça ! dit-elle en montrant son nez. Un gros chien marron... J'avais cinq ans, je jouais dans le jardin, papa était en haut du cerisier.

Il a vu le chien m'attaquer, il est descendu pour me sauver, mais mon nez était déjà à moitié arraché. C'est maman qui me l'a raconté. Un médecin me l'a recousu. Papa voulait tuer le chien, mais il ne l'a pas fait. Deux ans plus tard, papa est mort de la grippe. Tu le trouves vilain, mon nez ?

– Non, il est beau, comme le reste, tes yeux, ta bouche... Je l'aime, ton nez. Le chien du jardinier, il n'est pas méchant, il est tout petit. Tu veux venir le voir ?

– Non, je t'assure... Parle-moi encore de toi !

L'Indien se tait. Il cherche ce qu'il pourrait bien dire, et soudain les mots se bousculent si vite au bord de ses lèvres qu'il se met à bégayer :

– Je... je peux regarder le soleil se coucher tous les soirs, en grimpant dans le vieil érable, tu sais, celui dans lequel il y a un écureuil gris. Je rêve, les yeux ouverts, toute la journée, et en dormant aussi je rêve... Je suis dans les bras d'une dame, elle a les cheveux noirs comme moi et elle me caresse le front.

– C'est peut-être ta mère.

L'Indien rit. Ce mot lui est familier maintenant : il le répète et le tourne dans tous les sens.

– Ma mère ? Tu crois ?

– Oui, j'en suis sûre !

Hélène feuillette le livre de lecture qu'elle a sur les genoux et montre le mot « mère » à son élève.

– C'est ce mot, là, n'oublie pas !

Il n'oublie pas. Quinze jours plus tard, il sait aussi lire « chien », « Hélène », « arbre », « écureuil » et d'autres mots encore qui représentent des éléments connus du monde qui l'entoure.

Pour travailler, il leur a fallu déjouer la surveillance de la directrice, du concierge et de l'institutrice, et ils ont dû échapper à Billy et à sa bande. À chaque récréation, ils se réfugient dans un coin de la cour, sur un banc à demi cassé, près de l'ancien bac à sable envahi d'herbes folles. Personne ne vient par là.

Le soir, Hélène et l'Indien mangent au bout de la table, en silence. Autour d'eux, le réfectoire est plein de bruits et de rires. Rosa va et vient, une louche dans une main, un plat dans l'autre. Elle les laisse tranquilles.

La nuit, tout devient simple : Hélène et l'Indien ont abandonné leur cachette sous la statue d'Abraham Lincoln pour le placard à balais. C'est un endroit merveilleux qu'ils ont découvert dans le bâtiment réservé au personnel. On y respire un air de liberté...

Ils s'éclairent avec une bougie volée à monsieur Picks. Parfois ils la soufflent, afin de pouvoir utiliser à nouveau les allumettes dérobées dans les cuisines.

– Si la directrice nous trouvait là, elle serait furieuse ! affirme Hélène.

L'Indien rit sans bruit.

– Et le concierge ! Tu imagines, s'il s'aperçoit que nos lits sont vides ?

– Ça ne risque pas, répond-elle avec malice. Il met des boules de coton dans ses oreilles, et ensuite il dort comme un loir ! Tu as peur ?

– Non, mais je ne veux pas être séparé de toi ! murmure l'Indien.

– Moi non plus.

Elle est sincère. L'Indien a remplacé tous ceux qu'elle a aimés et perdus : sa mère, le souvenir un peu flou de son père, et même Tamara, sa meilleure amie.

– J'ai un secret, m'sieur. J'apprends à lire. Plus tard je serai un grand médecin et je réparerai le nez d'Hélène, déclare un matin l'Indien à monsieur Picks.

Amusé, le jardinier sourit. Le soir, il ne peut s'empêcher d'en parler à la cuisinière, qui le répète le lendemain au concierge, et celui-ci prévient aussitôt la directrice. Elle hausse les épaules.

– L'Indien veut devenir médecin ? Il ne sait même pas lire ! Quelle plaisanterie ! Dites-moi, monsieur Redford, vous êtes bien sûr que ces deux enfants ne font rien de mal ensemble ?

– Je n'en jurerais pas, ma foi ! Il faudrait les surveiller...

– C'est votre travail, Redford, et le mien. Allez me chercher Hélène.

Hannah Mattews n'attend pas longtemps. Hélène frappe à la porte cinq minutes plus tard.

– Ah ! Tu es là, toi ! Approche !

L'enfant obéit, bientôt elles sont face à face. La directrice s'apprête à poser des questions, mais Hélène la devance :

– Madame, vous pouvez me dire ce qui est arrivé à l'Indien ? Pourquoi il ne sait rien ?

– L'Indien ? Encore lui ! Ma petite, méfie-toi de lui. Il n'est pas comme les autres...

– Ça m'est égal ! Je veux savoir ce qu'il a !

– Tu n'as pas d'ordre à me donner ! Je n'aime pas tes manières, Hélène. Je te dis que tu dois éviter ce garçon !

La directrice hésite, puis elle reprend :

– Je ne devais pas le garder, on me l'a amené par erreur. L'agent fédéral m'avait promis que ce serait provisoire. Ensuite, on m'a oubliée et j'avais l'Indien sur les bras... Oh, il était mignon, bébé, et sage, trop sage... Cela cachait quelque chose. À quatre ans, il jouait avec les autres, et puis plus rien. Il s'est fermé comme une coquille de clam*. Clac ! Ce fut de pis en pis, il est devenu sale, il s'est mis à faire pipi au lit, à crier pour un

* Coquillage comestible.

rien, et il n'a jamais voulu apprendre quoi que ce soit !

Les mots de la directrice s'enfoncent dans l'esprit d'Hélène.

– L'Indien, il voit plus de choses que nous, dit-elle doucement. Il sait aussi quand les gens sont malheureux. C'est important, ça.

– Personne n'est malheureux chez nous ! Allez, sors d'ici, j'ai du travail. En tout cas, à partir de ce jour, je t'ai à l'œil... Dis-moi, ajoute-t-elle, il paraît que l'Indien veut devenir médecin pour réparer ton nez. Lui... médecin ! C'est trop drôle !

Hélène serre les poings et elle s'enfuit du bureau, la rage au cœur. Elle croyait avoir le meilleur ami du monde, quelqu'un qui ne voyait pas son nez tout abîmé. C'était une erreur. Elle pleure avec tant de violence qu'elle heurte un pilier du vestibule, chancelle, repart à l'aveuglette.

À la récréation, Hélène évite l'Indien. Quand il s'approche, inquiet, elle lui tourne le dos et part en courant. Elle ne l'approchera plus.

« Sale Indien ! se répète-t-elle, debout dans un coin de la cour, le dos au grillage. Il est comme les autres, il se moque de moi. »

Billy, par esprit de contradiction, jette un œil intéressé sur Hélène. Il voit en elle un nouveau moyen de faire souffrir l'Indien. Il n'a pas encore oublié sa défaite.

– Hélène, tiens, je te donne ma part de chocolat !

– Je n'en veux pas !

– Prends-la, je te dis...

Billy tend une moufle au centre de laquelle repose une barre d'un brun brillant. Hélène baisse la tête sans répondre.

– Viens faire un tour, idiote, tu vas geler !

– Non ! rugit Hélène. Je vous déteste, toi et tous les autres ! Tu entends ? Tous les autres !

Billy fronce les sourcils, ajuste son bonnet d'un air perplexe.

– Même lui ? Je croyais que c'était ton copain...

Du menton, il désigne l'Indien, là-bas, assis sur un banc, immobile, le visage fermé. Hélène l'observe aussi un instant. On dirait une statue. Des flocons blanchissent sa tête et ses épaules. Il semble si triste qu'elle a soudain envie de le rejoindre, de le consoler.

– Même lui ! répond-elle cependant.

La cloche sonne. Billy s'éloigne en sifflotant, il fait un détour du côté du banc et contemple son ennemi. Il hésite, cherche une méchanceté à dire, un coup à décocher en douce, mais le concierge descend le perron à ce moment précis. Billy s'esquive, prudent.

L'Indien entre dans l'eau.

Il n'a pas suivi les autres qui filaient dans la classe de dessin. Il a préféré venir au bord de l'étang. On ne s'inquiétera pas de son absence. Personne ne fait jamais attention à lui.

D'une main, il repousse les plaques de glace, brisées net la veille par les enfants, transparentes comme des bouts de verre. Il n'a gardé que son pantalon et son corps se raidit sous l'étreinte du froid. Il a tout enduré depuis des années, mais il ne peut pas supporter qu'Hélène ne veuille plus de lui.

– Je ne lui ai rien fait, non, je n'ai rien fait. Je ne comprends pas. J'ai cru que c'était mon amie, mais je me suis trompé... C'est avec Billy qu'elle parle maintenant... Moi, elle me laisse tomber.

À trois pas de la berge de l'étang, l'Indien s'allonge sous la chape liquide. Sa tête repose sur un gros caillou. Les paupières closes, il sent que le sommeil s'empare de lui.

Chapitre 3

– M'sieur, vite, m'sieur ! L'Indien, là-bas, il est dans l'étang, il est mort, c'est sûr, il est mort...

Billy s'accroche à la manche du concierge. Monsieur Redford comprend aussitôt qu'il ne plaisante pas, pour une fois.

– Cours prévenir madame la directrice et l'infirmière ! Il faut aussi des couvertures...

Hélène traverse la cour de récréation. Elle se sent terriblement seule sans l'Indien. Sa colère est tombée. L'Indien ne voulait pas lui faire de la peine, elle en est sûre à présent. C'est juste qu'il utilise mal ses mots, il n'a pas la tête solide. Ce soir, ils se retrouveront tous les deux dans le placard à balais.

Des cris. Un bruit de pas. C'est monsieur Redford qui passe en courant, un enfant à demi nu dans les bras. Rosa descend du perron en roulant des yeux affolés, escortée par la directrice. Hélène écoute.

– Qu'est-ce qui lui a pris, à ce gamin ?

– A-t-on idée ? L'eau est glacée !

– Encore un jeu idiot ! Il faut appeler le docteur !

– Non, attendons un peu...

Hélène baisse la tête, incapable de regarder davantage. Elle a reconnu l'Indien. « Il a voulu mourir ! À cause de moi... »

Une petite fille lui touche le bras.

– Tu viens, il faut rentrer.

Un grand silence s'abat sur le parc, sur la bâtisse carrée et ses fenêtres grillagées.

Tous les enfants entrent sagement dans le réfectoire, même Billy, qui fait une drôle de tête. Hélène se laisse dépasser, elle recule dans le couloir. Ensuite, elle monte au premier étage et cherche l'infirmerie. Derrière une porte close, elle entend la voix de la directrice et celle de l'infirmière. Des bruits de talons, une toux nerveuse.

Hélène prend la fuite, elle se glisse dans la lingerie déserte. Elle attend quelques minutes, avant d'entendre les pas de la directrice dans le couloir. Elle doit regagner son bureau du rez-de-chaussée.

« Il est vivant, j'en suis sûre ! Sinon il y aurait une belle panique... »

Rassurée par son raisonnement, Hélène sort de sa cachette. Elle retourne à l'infirmerie et là, elle frappe doucement à la porte. Le long nez de l'infirmière apparaît.

– Qu'est-ce que tu veux, toi ? Tu es malade ? Si ce n'est pas le cas, tu n'as rien à faire ici !

– Je voudrais juste savoir comment va l'Indien. C'est mon ami !

Hélène hausse la voix, car elle aperçoit l'Indien étendu sur un lit surchargé de couvertures, là, à deux mètres à peine. Il semble dormir, mais avec un peu de chance il l'entend peut-être...

– Eh bien, si c'est ton ami, laisse-le donc se reposer.

– Il n'est pas en danger ?

– Non ! Que vas-tu imaginer ? Il a pris froid.

Mais Hélène insiste :

– Est-ce que je peux lui parler ? Je vous en prie, mademoiselle !

– Non, non et non ! File, je te dis !

La porte se referme. Au même instant, des bruits de pas résonnent. Une main s'abat sur l'épaule d'Hélène tandis que la voix de la directrice retentit :

– Hélène ! Que fais-tu ici ? Billy est venu m'avertir que tu n'étais pas au réfectoire. Si tu te conduis mal une seconde fois, tu quitteras Blackwind. Tu es prévenue ! J'ai assez de problèmes comme ça !

Hélène est enfermée dans la grande salle d'études. Elle est assise à un pupitre, seule. La nuit bleuit les carreaux, la nuit d'hiver, cristalline, glaciale. Les arbres du parc, derrière les fenêtres, ressemblent à des fantômes aux aguets, tant ils sont chargés de neige.

L'isolement et le silence libèrent les rêves. Hélène revoit sa maison d'Appletown, la

« ville des pommes ». Sa chambre aux cloisons de planches peintes, son lit, sa lampe en porcelaine. Elle entend le rire de Georgina, sa mère. La voici près du fourneau, avec son tablier noué à la taille. Un peu ronde, les cheveux roux, toute souriante et animée. La cuisine sent les crêpes et le sucre chaud. Hélène passe la langue sur ses lèvres. Le goût des crêpes lui revient, délicieux. Elle hésite : faut-il continuer, s'enfoncer dans ses souvenirs ?

Elle revoit son père, qui est parti bien avant. Il s'appelait Jo, « Jo » pour « Jonathan »... Grand, blond, le regard clair, une dent cassée mais un rire de bon géant. Il l'a perdu, ce rire, le jour où le chien a mangé le nez d'Hélène.

Elle plisse les yeux. Elle ne veut pas penser à tout ça. Le passé ne doit plus exister.

« Je n'ai rien fait de mal. J'ai le droit de voir l'Indien puisque je l'aime. Qu'est-ce qu'il va devenir sans moi ? »

D'un bond, elle se lève, elle court jusqu'à la porte. Elle frappe de toutes ses forces, tambourine, en criant le plus fort possible.

– Ah ! C'est toi, ce tapage ? Si la directrice t'a entendue, gare à tes oreilles !

– Oh ! Ne le lui dites pas, mademoiselle, je vous en supplie. Je veux juste voir l'Indien...

L'infirmière barre le passage à Hélène, qui a les larmes aux yeux. L'Indien est peut-être mort. Ils l'ont caché à tout le monde, ils n'ont rien dit à la police, ni à monsieur Picks. Hélène ne le reverra jamais... Elle se met à sangloter...

– Calme-toi ! Ne pleure pas !

– L'Indien est mort ! L'Indien est mort !

Affolée par ses cris, l'infirmière la prend dans ses bras, elle lui met une main sur la bouche.

– Tais-toi donc ! L'Indien va bien ! Qu'est-ce que tu racontes ?

– Je ne vous crois pas ! gémit Hélène.

– Tu as tort ! Allons, je ne dirai rien à la directrice si tu retournes t'asseoir.

– Non ! Je ne veux pas !

Hélène étouffe de rage et de chagrin. Elle tente de se dégager des mains de l'infirmière, mais la femme est plus forte. Alors, Hélène mord un des poignets qui l'emprisonnent. Puis elle s'enfuit. Elle grimpe quatre à quatre l'escalier, elle court dans le couloir qui conduit à l'infirmerie. Perdue pour perdue, elle saura la vérité. Il n'y a qu'une porte à pousser.

Il fait noir dans la pièce, mais Hélène distingue une forme sur le lit. D'un geste décidé, elle pousse le verrou et avance tout doucement.

L'Indien est toujours immobile, les traits figés par le sommeil. De lui, on ne voit que son visage, ses cheveux noirs. Des traces de boue ont sali l'oreiller.

– L’Indien ! C’est moi, Hélène... Tu m’entends ?

Il ne réagit pas. Hélène pose la main sur le front de son ami.

– J’ai besoin de toi. Réveille-toi !

L’Indien continue de dormir. Il ne sent pas un visage humide se plaquer au sien, des lèvres effleurer sa joue. Hélène le prend dans ses bras.

– L’Indien, c’est moi, Hélène. Je ne suis plus fâchée. J’ai cru que tu te moquais de moi, je te demande pardon.

Hélène s’allonge près de lui ; d’une main, elle caresse ses joues, sa tête. L’Indien se réveille et tourne la tête. Tout près de son visage, il voit le visage d’Hélène. Il sourit comme il n’a jamais souri. Ce sont des années de silence qui s’en vont en miettes, c’est un mur de solitude qui s’effondre.

Un grand brouillard gris enveloppe Hélène et l'Indien. Ce nuage opaque qui les enferme face à face, personne ne pourrait le dissiper...

Une main secoue la poignée de la porte, mais ils ne bougent pas. Ils entendent à peine les cris de colère de la directrice.

– Ouvre cette porte ! Hélène ! Ouvre cette porte, tu entends ?

Mais Hélène n'ouvre pas. Elle refuse d'écouter les cris et les menaces. Le concierge et le jardinier sont appelés à la rescousse. À eux deux, ils donnent plusieurs coups d'épaule, et le battant de bois cède. La directrice se précipite, suivie de l'infirmière, qui a le poignet enveloppé d'un mouchoir. On relève les deux enfants, avec des regards furieux.

– Hélène, suis-moi dans mon bureau ! Monsieur Picks, emmenez l'Indien chez vous et enfermez-le à double tour !

Chapitre 4

Le lendemain, l'Indien attend l'heure de la récréation, accroupi sous le grand mélèze. Monsieur Picks a relâché sa surveillance. Le vieil homme n'aime pas la directrice, ni le concierge.

L'Indien tremble de fièvre, mais il s'en moque. Ses yeux ne quittent pas la façade de l'orphelinat. Hélène est derrière ces murs. Hors d'atteinte.

Quand les enfants s'élancent dans la grande cour, l'Indien cherche la tache rouge du manteau d'Hélène, mais elle n'est pas là. Cinq minutes plus tard, Billy marche vers le mélèze et s'arrête à un mètre, les mains enfoncées dans les poches de son blouson.

– Hé, l'Indien ! Tu te crois invisible ? J'ai une bonne nouvelle pour toi : la bouille de clown, elle va partir. Oui, ta chère Hélène ! Sa tante vient la chercher aujourd'hui... En attendant, la directrice l'a bouclée dans son bureau. C'est fini de jouer les amoureux !

L'Indien ne répond pas. Billy s'éloigne en sifflant toujours le même refrain.

Hélène va partir... Hélène...

La cloche du repas sonne. L'Indien s'avance vers le bâtiment, jusqu'à la fenêtre du bureau de la directrice. En se haussant sur la pointe des pieds, il peut voir dans la pièce. Hélène est assise sur une chaise, dans son manteau rouge, une valise à ses pieds. Elle a l'air triste. L'Indien voudrait la toucher, la réchauffer, car elle a bien plus froid que lui. À l'angle droit de la fenêtre, le grillage est décloué. Il glisse sa main et parvient à taper au carreau.

Hélène tourne la tête, puis elle se lève et vient appuyer son visage contre la vitre. Ses yeux sourient. Soudain, elle tourne l'espagnolette. Les doigts de l'Indien effleurent ceux d'Hélène.

– Hélène, je suis venu... Tu es contente ?

– Oui, bien sûr que je suis contente ! J'avais peur de ne pas te revoir ! Ma tante Sue vient me chercher, elle va bientôt arriver. J'ai peur, l'Indien. Je ne la connais pas, ma tante. Elle n'a pas voulu de moi, elle va sûrement m'envoyer ailleurs, dans un autre endroit comme ici, mais tu ne seras plus avec moi.

– Hélène, n'aie pas peur... Regarde, la fenêtre est ouverte ! Viens, on va s'en aller. On restera ensemble. Toujours.

Elle ne répond pas. De grosses larmes coulent sur ses joues. Derrière le grillage, son nez est tout rouge, si bien qu'on ne voit presque plus la cicatrice.

– Mais on ne peut pas ! Ils nous retrouveront... Et où veux-tu partir ?

L'Indien réfléchit. Brusquement, il prend le bord du grillage et tire de toutes ses forces. Maintenant, il y a un passage, petit mais suffisant. Il regarde Hélène.

Elle empoigne sa valise et escalade l'appui de la fenêtre.

– Vite, Hélène, on va se cacher. Loin...

Un jour, le chien de monsieur Picks s'est échappé en se glissant sous la clôture qui entoure le parc. L'Indien l'a vu faire. Il se souvient de cette brèche au ras du sol. Hélène et lui réussissent à se faufiler par là, après avoir agrandi le passage. Ils courent longtemps sur la neige gelée d'un champ avant de gagner un bois de sapins.

Arrivée à l'abri des arbres, Hélène se laisse tomber par terre. Elle a du mal à respirer. L'Indien a le front emperlé de sueur, mais tout son visage resplendit de bonheur. Il s'installe près d'elle.

– Hélène, c'est quoi, des « amoureux » ? Billy a dit : « C'est fini de jouer les amoureux... »

Hélène reprend son souffle. Elle n'a pas envie de répondre, pourtant elle le fait, en soupirant :

– Les amoureux, ce sont des gens qui s'aiment ! Billy et Jane sont des amoureux, mais ils se cachent bien ! ajoute-t-elle. Je les ai vus s'embrasser, à la porte du dortoir des filles.

L'Indien ne comprend pas.

– Mais c'est quoi, « embrasser » ?

– On fait un mouvement avec les lèvres, sur les joues ou sur la bouche de quelqu'un.

L'Indien pense que personne, jamais, ne l'a embrassé.

– Hélène... C'est bien ou c'est mal, d'embrasser ?

Hélène hausse les épaules. Elle est fatiguée.

– C'est bien, cela veut dire qu'on s'aime. Maman m'embrassait toujours, papa aussi. Je t'ai embrassé quand tu dormais dans l'infirmerie. Je croyais que tu allais mourir.

L'Indien baisse la tête. Hélène le prend par l'épaule ;

– Tu veux bien que je t'embrasse encore ?

Il ne répond pas. Hélène tend ses lèvres, qui font un drôle de bruit sur la joue de l'Indien. Ça le chatouille, c'est aussi bon que la pluie d'été.

– Encore ! murmure-t-il.

Elle recommence, heureuse à chaque fois que sa bouche effleure la joue de son ami. Un baiser, deux, trois, quatre.

– On est des amoureux ? lui demande-t-il.

– Non, pas du tout, mais je t'aime ! Et je ne veux pas te quitter.

Alors l'Indien pose ses lèvres gercées sur le nez couturé, puis sur le front, sur les joues humides. Il retrouve le goût du sel, le goût du bonheur.

– Hélène, il faut partir.

– Oui, mais où ? Droit devant nous, comme ça ? Si on continue à traverser les champs, on nous verra depuis l'Institut. Le déjeuner est sûrement terminé. Et il y a nos traces dans la neige.

L'Indien regarde autour de lui. Le bois de sapins, où il fait déjà très sombre, s'étend vers l'est.

– On va marcher sous les sapins et après on courra encore.

À la sortie du bois, un chemin boueux, semé de flaques gelées, s'étire devant eux. Ils le suivent en avançant le plus vite possible. Ils croient entendre des appels, des voix portées par le vent. Très loin, un chien aboie.

L'Indien ne peut s'empêcher de savourer l'espace immense qui court vers l'horizon. Il n'est jamais sorti de l'enceinte de Blackwind. Il n'a pas peur, non, il a envie de marcher des jours et des jours, en tenant la main d'Hélène.

À tour de rôle, ils portent la valise. L'Indien, un peu plus souvent.

– J'ai mal aux pieds, se plaint Hélène, et j'ai faim !

– On se reposera cette nuit. On sera tous les deux. Plus de Billy, plus de monsieur Redford, plus de directrice. Ça vaut la peine, non ?

L'Indien rit aux éclats. Hélène reprend courage. Ils vont peut-être réussir. Elle se retourne et jette un regard du côté de l'orphelinat. La grande bâtisse lui paraît minuscule, près de s'effacer du paysage. Pas une silhouette en vue. On doit les chercher ailleurs, dans les couloirs de l'Institut, ou sur la route.

L'Indien entraîne Hélène, qui le suit avec la même énergie. À marcher ainsi, ils ont presque trop chaud, malgré le froid. Le chemin s'étend à perte de vue, bordé de clôtures. La lumière baisse, une cohorte de nuages s'allonge au-dessus des fugitifs. Là-bas, très loin, l'Indien devine une masse sombre.

– Viens, Hélène. On est tous les deux.

Ensuite, plus un mot. Le silence les enveloppe, rompu parfois par le cri d'un corbeau ou le sifflement d'une bourrasque. Hélène trébuche.

– Je veux me reposer ! De toute façon, on ne sait même pas où on va.

L'Indien s'arrête. Hélène a posé sa valise. Elle se tient debout face à lui, avec ses joues rouges et son regard vert.

Il la trouve jolie. Autour d'elle, le vide des champs infinis, le noir du ciel... Il lui sourit.

– Oh ! murmure-t-elle. Qu'allons-nous faire ?

– Tu n'es pas contente... Tu es fâchée ?

– Mais non. Seulement je voudrais être au chaud, chez moi, comme avant. Avec maman... J'ai peur.

L'Indien continue de sourire. Hélène pense qu'il est peut-être vraiment fou. En tout cas, il ne comprend rien à rien.

– Hélène, il y a forcément quelque chose plus loin. Moi, je n'ai plus peur, parce que tu es là, avec moi.

Ils repartent.

Chapitre 5

C'est une grange délabrée. Les planches de la porte sont fendillées, cassées par endroits. Le toit a laissé passer un peu de neige qui dessine des taches blanches sur la terre battue. Dans un coin, il reste de la paille.

La grange les attendait au bout de l'horizon. C'était cette masse sombre qui attirait le regard de l'Indien. Ils y entrent à petits pas. À l'intérieur, la nuit est absolue. Hélène recule, effrayée.

– Il fait trop noir, je n'aime pas ça !

L'Indien, lui, sent juste la tiédeur du lieu. Ici, plus de vent, mais la douceur d'un abri. Il avance, sort quelque chose de sa poche : la boîte d'allumettes qu'ils utilisaient dans le placard à balais.

– Hélène, regarde bien... Plus de noir !

La lumière brille, en dissipant les ténèbres. Hélène aperçoit le tas de paille, les poutres grises, une charrette. Puis l'ombre revient, dans laquelle s'élève la voix de l'Indien, une voix nouvelle, plus assurée :

– Hélène, on va rester là. Approche !

Une allumette encore. Hélène fait deux pas vers la flamme qui éclaire le visage de l'Indien. C'est un peu comme dans les rêves, ce visage frappé de clarté qui se dessine pour elle seule... en effrayant le reste du monde.

L'Indien a creusé la terre battue. Cela forme une cuvette ronde dans laquelle il a allumé un petit feu. D'un œil ensommeillé, il surveille le foyer. Dès qu'il n'y a plus que des braises, il y jette des poignées de paille, des brindilles de bois pour faire jaillir la flamme. Hélène est assise près de lui. Elle n'en finit pas de se chauffer les mains, de contempler les lueurs rouges qui envoient des reflets dansants sur les murs.

L'Indien retrouve dans la poche de sa veste le goûter donné par le jardinier : deux tranches de pain beurrées. Ils les partagent avec gravité. C'est bien peu pour la grande faim qu'ils ont, après une demi-journée de marche. Le froid est oublié, mais pas la faim.

Les voilà qui bâillent, épuisés. Ils ont peur de dormir, à cause des ombres, des bruits ténus qui palpitent autour d'eux. L'Indien prend la main d'Hélène, la serre très fort.

– On est heureux, dis ?

– Oui, et c'est grâce à toi. Moi, je n'aurais jamais osé m'en aller. Mais quand même, je me demande ce qu'on va devenir... demain, et les autres jours.

– Ça ne compte pas. Ce soir, on est heureux.

Hélène sourit. Elle se penche sur le côté pour attraper sa valise. L'Indien l'observe, curieux.

– Je vais te montrer quelque chose. Je ne veux pas les voir mais tu as le droit, toi.

À tâtons, en fouillant sous une maigre pile de linge, Hélène sort une enveloppe. Résolue, elle la tend à l'Indien.

– Regarde dedans. Il y a des photographies. Maman, mon père et moi.

L'Indien ouvre l'enveloppe avec des gestes maladroits. Il ignore ce qu'est une photographie, et soudain la première image lui saute aux yeux. C'est une toute petite fille, avec deux nattes, qui ressemble à Hélène. Elle rit, son nez ne porte aucune marque. L'Indien l'examine longtemps, tandis qu'Hélène garde la tête tournée, farouche. Ensuite, il voit un homme, une femme. Voici donc, entre ses doigts, Georgina et Jo, les parents d'Hélène. Il connaît leurs noms, pour avoir écouté Hélène parler d'eux, la nuit, dans le placard à balais.

– Tu as fini de regarder ? demande-t-elle.

– Non. La petite fille, c'est toi ?

– Oui, avant le chien...

– Hélène, tu es triste ?

Elle ne répond pas. L'Indien lui rend les photographies.

– Tu sais, l'Indien, je n'ai pas encore pu les regarder... Je les ai prises dans la maison, le jour où l'on m'a emmenée chez les parents de Tamara. J'aurais bien voulu rester chez eux. Ils tiennent une épicerie à Appletown.

Tamara était mon amie. Elle était un peu comme toi, elle ne s'est jamais moquée de mon nez.

Elle s'interrompt, comme si elle avait du mal soudain à trouver les mots, puis reprend :

– Quand ma mère est morte, les parents de Tamara ont écrit à ma tante Sue, mais elle a répondu qu'elle ne pouvait pas s'occuper de moi. Alors, une femme que je ne connaissais pas est venue me chercher. C'est elle qui m'a conduite à Blackwind.

– Et j'étais là...

– Tu étais là.

L'Indien a éparpillé de la paille sur le sol. Ils se sont endormis près du feu mourant, tête contre tête, main dans la main. La valise est restée à demi ouverte, à côté d'eux. Tout autour, la nuit, le vent du nord, le froid. Quelques flocons voltigent. La neige étouffe les bruits.

C'est un grand faisceau blanc qui réveille l'Indien.

Ébloui, il se redresse, affolé. La clarté aveuglante le terrifie autant que les regards de Billy, à l'orphelinat. Il hurle :

– Hélène !

Hélène s'éveille à son tour, juste au moment où éclatent les voix :

– Ce sont eux ! Un Indien et une gamine avec une cicatrice sur le nez !

Il y a une voix d'homme et une voix de femme. La femme demande presque timidement :

– Hélène ? Tu es bien Hélène Ravzik ?

Hélène s'accroche au bras de l'Indien, qui n'ose plus bouger. Elle répond, prise au piège du faisceau blanc :

– Oui, madame.

– Je suis ta tante Sue... et voici l'agent fédéral Hoxley. J'étais tellement inquiète !

L'agent baisse la puissante torche. Hélène et l'Indien observent le rond de lumière sur la terre battue. Ils ne réagissent pas, ensommeillés. La tante Sue avance d'un pas.

– Il faut venir avec moi, Hélène. Toute la police du district te cherche. Quelle journée j'ai passée !

Hélène regarde la femme attentivement. Elle la reconnaît : c'est bien la femme de la photo, la sœur de sa mère. Une petite femme dodue, au visage doux, qui s'approche encore, sans hâte, une main tendue.

– Allons, ma petite, n'aie pas peur, voyons, je ne te veux pas de mal. Tu vas venir habiter chez moi.

Hélène recule, prête à sangloter. Elle a compris. On va la séparer de l'Indien. Elle ne voit pas l'agent fédéral fondre sur eux, mais soudain il est là et il empoigne l'Indien par le bras.

– Tu nous as fait courir, toi ! dit-il en l'entraînant vers la porte. Tu n'es pas si bête qu'on le dit.

La tante Sue en profite pour prendre la main d'Hélène.

– Sois sage, ma petite. Il fait un froid, ici ! C'est ta valise, ça ?

Hélène est incapable de parler. Elle a trop mal au cœur. Très vite, tante Sue, sans lâcher Hélène, ferme adroitement la valise de sa main libre et la cale sous son bras. Hélène ne se débat pas. Dehors, l'air glacial la ranime. L'agent Hoxley, toujours armé de sa torche électrique, les attend en tenant fermement l'Indien.

Au bout d'un sentier, une voiture de police est garée. Hélène devine tout. L'agent va ramener l'Indien à Blackwind, et elle ira chez sa tante. Ce dont ils avaient si peur est arrivé : on va les séparer.

L'Indien le comprend aussi. Il gesticule, il pousse un cri aigu, désespéré :

– Hélène ! Non... Hélène !

L'agent Hoxley le secoue rudement par l'épaule.

– Tais-toi ! Tu t'expliqueras avec la directrice. Elle va être contente de remettre la main sur toi.

Tante Sue frémit. La voici qui proteste :

– Ce n'est pas la peine de brutaliser ce garçon, monsieur Hoxley !

Hélène reprend courage. Elle agrippe le bras de sa tante :

– C'est mon ami. Je ne veux pas le quitter.

La réponse, Hélène l'entend à peine. Le vent qui siffle à nouveau sur la plaine emporte les mots :

– La directrice de l'orphelinat m'a prévenue, elle m'a dit que ce garçon est sournois et qu'il a l'esprit dérangé. Allons, viens, il fait meilleur dans la voiture.

L'Indien est assis sur le siège avant, sous l'œil vigilant de l'agent fédéral. La tante Sue et Hélène se sont installées à l'arrière, avec la valise entre elles. La route n'en finit pas, enneigée, glissante. L'Indien regarde le paysage éclairé par les phares, mais il ne voit rien. Il ne se retourne pas, il fait comme si Hélène n'était déjà plus là.

La tante Sue croit nécessaire de raconter tout ce qui s'est passé durant cette terrible journée.

– ... Je suis arrivée un peu en retard... La directrice m'a reçue dans son bureau, et elle m'a montré aussitôt le grillage arraché à la fenêtre. Tout le personnel vous cherchait ! Comme ils ne vous trouvaient pas, ils ont fini par prévenir la police. Ils ont cherché aussi. Moi qui étais si contente, ma petite, de t'emmener ! Cet endroit, Blackwind, n'est pas très accueillant. Et la cuisine, n'en parlons pas ! Pas étonnant que tu aies les joues creuses... Je vais te redonner de belles couleurs !

Hélène l'écoute, mais c'est l'Indien qu'elle regarde. Pourquoi est-il aussi loin ?

– ... Tu comprends, Hélène, je ne pouvais pas m'occuper de toi quand ma pauvre Georgina est... partie... Mon mari, ton oncle William, était malade. Il avait attrapé la grippe, et j'ai bien cru qu'il allait mourir, comme ton papa. Je ne voulais pas prendre le risque de te faire venir, tu aurais pu tomber malade, toi aussi ! Heureusement il est guéri, et c'est lui-même qui m'a dit : « Sue, il faut vite aller chercher la petite ! » Et le lendemain, la directrice de l'Institut m'envoyait un télégramme... Quelle histoire ! Il paraît que tu as mordu l'infirmière ?

Hélène lève la tête. Alors, tout était faux ? Sa tante ne l'avait pas rejetée, elle voulait bien d'elle, même avec un nez couturé. Et elle a un oncle William qui l'attend.

Sa tante lui tapote gentiment la joue.

– J'avais demandé un placement provisoire à Blackwind parce que ce n'était pas trop loin de chez moi. Tes parents s'étaient installés à l'autre bout du Minnesota. Je n'ai même pas revu Georgina depuis ton baptême...

Tante Sue essuie une larme. Hélène se raidit. De l'autre côté de la vitre, elle vient de reconnaître le haut portail de l'orphelinat. L'Indien aussi. Il s'enfonce le plus possible dans le siège. Hélène secoue la tête, prête à sangloter. Tante Sue ouvre la portière.

– Tu vas m'attendre sagement dans la voiture, Hélène, avec monsieur Hoxley. Il va nous conduire en ville et nous dormirons à l'hôtel. Nous prendrons le bus demain matin. Nous allons pouvoir faire connaissance.

Maintenant, je raccompagne ce garçon. Madame Mattews doit se faire du souci. Elle va être rassurée de vous savoir sains et saufs.

C'est le moment du dernier regard. Hélène mord sa manche pour ne pas hurler. À l'idée de perdre l'Indien, son cœur se déchire. Elle voudrait crier, mais elle n'ose pas.

Tante Sue tient l'Indien par un bras, elle le pousse vers l'allée centrale qui mène au perron. Les murs de Blackwind vont se refermer sur lui. Il n'y aura plus Hélène. Juste Billy et les autres, le concierge et le jardinier, la directrice et ce grand silence qui va revenir.

– Hélène, reste avec moi !

Mais la tante Sue l'entraîne. Leurs pas crissent sur la neige. Ils s'éloignent.

Dans la voiture, Hélène se couche à demi sur sa valise, et elle se bouche les oreilles pour ne plus rien entendre. Pourtant les derniers mots de l'Indien continuent de résonner dans sa tête. Elle pleure sans bruit un long moment, sans penser à rien.

Enfin, elle s'endort, épuisée, sur son immense chagrin.

Chapitre 6

L'homme traverse le jardin, un bouquet de lilas à la main. On l'appelle Denny.

Le soleil dessine des reflets bleutés sur ses cheveux noirs. Un chien le suit, le poil jaune et fourni.

On entend bourdonner des abeilles dans la haie et des rires sous la véranda d'une maison toute proche. L'homme sourit, heureux de la tiédeur de l'air, des rires et de la présence amicale du chien.

Arrivé en bas d'un petit escalier en bois, il appelle :

– Hélène !

Un bruit de pas à l'intérieur. Une jeune femme rousse apparaît, un tablier blanc noué sur sa robe. En voyant l'homme qui lui tend le bouquet de lilas, son visage s'illumine.

– Bon anniversaire, Hélène !

– Oh, Denny. Merci...

Soudain, une petite fille accourt, suivie d'un garçon un peu plus grand qui porte un bébé dans ses bras. Ils sourient à leurs parents, avec un air réjoui, comme si une fête se préparait.

– Le goûter est prêt ! dit Hélène. Une pile de crêpes vous attend.

Les enfants se bousculent vers la porte de la cuisine. Hélène éclate de rire. Elle attrape la main de son mari pour l'entraîner.

Il y a vingt ans qu'elle l'appelle Denny. C'est la tante Sue qui a choisi ce prénom, et Hélène s'y est habituée. L'Indien aussi.

L'Indien est devenu jardinier. Il passe ses journées à planter des fleurs, à veiller sur de minces pousses vertes. Grâce à l'argent que leur a légué la tante Sue, il a construit une serre. Hélène tient une petite boutique de fleuriste, qui sent toujours bon.

L'Indien n'est pas devenu un grand médecin. Il n'a pas réparé le nez d'Hélène, mais il a réparé son cœur, en lui donnant tant d'amour qu'elle n'a plus jamais eu peur.

Hélène sait presque tout de son compagnon.

Il n'y a qu'une chose qu'elle ne saura peut-être jamais. Qu'a bien pu dire l'Indien à sa tante Sue, cette nuit d'hiver, vingt ans auparavant, pour la convaincre de ne pas le laisser à l'orphelinat de Blackwind ?

Cela avait été un instant si magique de les voir revenir tous les deux ! Hélène s'en souvient très souvent. L'Indien s'était assis à côté d'elle sur la banquette arrière, il lui avait pris la main. Il n'avait rien dit, tante Sue non plus.

Hélène n'avait pas osé poser de questions. Cela aurait pu briser le charme. L'Indien était là, près d'elle. C'était la seule chose importante. Ils n'avaient pas été séparés.

Denny le lui dira peut-être aujourd'hui, quand la pile de crêpes aura disparu et que les enfants seront retournés jouer sur la véranda. Il n'a pas pu oublier la nuit où sa vie a changé.

Il marchait près de la tante Sue, et chaque pas était pénible, car il l'emportait loin d'Hélène. À trois pas du perron de l'Institut, il a serré très fort la main qui le tenait fermement. Il a dit :

– Je voudrais rester avec Hélène, madame... Elle a besoin de moi et j'ai besoin d'elle ! Hélène m'apprend à lire. Moi, je ne savais rien faire du tout avant de la connaître.

Tante Sue s'est arrêtée, un pied sur la première marche du perron. Elle a regardé l'Indien, dans la pénombre. Avec un petit rire forcé, elle a répondu :

– La directrice m'a raconté que tu aidais très bien monsieur Picks, le jardinier. Tu auras une place ici, plus tard. Le parc doit être beau, l'été !

– Je ne veux pas rester ici, pas sans Hélène...

Tante Sue devait réfléchir, elle penchait un peu la tête, sans quitter des yeux le visage de l'Indien. Et ces yeux noirs, pleins d'une prière toute simple qui tenait en quelques mots : « Je ne veux pas quitter Hélène. »

Soudain, elle a vu en pensée le grand terrain en friche, derrière sa maison. William, son mari, n'avait plus la force de le cultiver. Avant, ils y avaient fait pousser des légumes et des fleurs. Cela, l'Indien ne l'apprit que bien plus tard. Tante Sue aimait trouver des prétextes à ses coups de folie. Cet enfant qui s'accrochait à sa main, elle venait de trouver une raison pour le garder, pour le ramener chez elle. Hélène avait tant souffert. Pourquoi séparer ces deux-là ? Tante Sue s'imaginait déjà en protectrice, plantée devant son fourneau. Elle leur ferait oublier la purée de pois sans sel et les biscuits durs comme des galets.

L'Indien attendait. Il semblait deviner ce qui se passait dans l'esprit de cette femme inconnue. Il osa même osé dire :

– Je pourrais travailler pour vous, faire votre jardin. Comme ça, je resterais près d'Hélène. Je ne veux pas qu'elle soit malheureuse.

Jamais l'Indien n'avait autant parlé à un adulte. Tante Sue s'est penchée sur lui. D'un geste lent, elle avait caressé ses cheveux. Il a vu son regard clair devenir brillant et doux. Elle a dit d'une voix changée :

– Nous allons discuter de tout cela avec madame Mattews, mon petit. Ce serait une belle surprise pour ma nièce si je te gardais ! Deux enfants dans une maison, c'est gai. Et puis, tu n'as l'air ni sournois ni méchant, finalement. Si tu es capable de me faire un jardin, un vrai jardin, mon mari sera bien content. Il regrette tellement de ne pas avoir de fils... Viens, je dois voir madame Mattews. Ce ne sera pas long, à mon avis...

Alors l'Indien a souri. Ce sourire était si lumineux que tante Sue a senti son cœur s'ouvrir davantage.

Cela avait suffi. Elle avait tenu la main de l'Indien dans les couloirs de Blackwind, dans le bureau de madame Mattews. Elle ne l'avait lâchée qu'en revenant vers la voiture où Hélène pleurait dans son sommeil. Alors, l'Indien avait couru, couru, vers cet avenir où il s'appellerait Denny...

Dans la même collection

Copie double
de Marie Desplechin

Samia la rebelle
de Paula Jacques

Un tueur à ma porte
d'Irina Drozd

La peur de ma vie
de Marie-Aude Murail

Ce n'est pas de ton âge !
de Brigitte Smadja

Moi, le zoulou
de Marie-Aude Murail

Le garçon qui se taisait
d'Irina Drozd

Maldonada
de Florence Reynaud

Devenez populaire en cinq leçons
de Marie-Aude Murail

Le défi de Serge T.
de Marie-Aude Murail

Écoute-moi !
de Régine Detambel

Mon grand petit frère
de Brigitte Peskine

Coup de foudre
de Laurence Gillot

Un cadeau d'enfer
de Hubert Ben Kemoun

Reste avec moi
de Christian de Montella

Je l'aime, un peu, beaucoup...
de Christian Grenier

Les confidences d'Ottilia
de Marie Desplechin

Rêves amers
de Maryse Condé

Le traîneau d'Oloona
de Florence Reynaud

La nuit de l'évasion
de René Frégni

La momie décapitée
de Michel Amelin

Garçon manqué
de Hortense Cortex

Le visiteur de l'an 2000
de Christian Grenier

Ma vie est une galère !
de Boris Sitruk

La fille d'en face
de Malika Ferdjoukh

Le roi du jazz
de Alain Gerber

Jeu dangereux
de Marie-Aude Murail

Les kilos en trop
de François Sautereau

La fugitive
de Christian de Montella

Mauvais garçon
de Thomas Leclere

Ma vie d'artiste
de Marie Desplechin

Morgane
de Pascal Basset-Chercot

Akouti-les-Yeux-Clairs
d'Alain Korkos

Le carnet disparu
de Marie-Agnès Vermande-Lherm

Jalouse
de Régine Detambel

Urgence
de Christian Grenier

Le dernier sprint
de Christian de Montella

Aïninak
de Jean-Marie Defossez

L'œuf de cristal
de Jérôme Bourgine

Le fils du gladiateur
de Christophe Lambert

Composé et mis en pages par DV Arts Graphiques à Chartres,
cet ouvrage a été achevé d'imprimer en décembre 2003
par l'imprimerie
pour le compte de Bayard Éditions

Imprimé en France
N° d'impression : 96008